BUSTE EN MARBRE

PAR J.-A. HOUDON

Mobilier de Salon

COUVERT EN TAPISSERIE D'AUBUSSON
DU XVIIIᵉ SIÈCLE

Appartenant à Monsieur P...

PARIS — AVRIL 1913

Buste en Marbre

PAR JEAN-ANTOINE HOUDON

MOBILIER DE SALON

APPARTENANT A M. P...[INEL]

CATALOGUE

D'UN

Buste en Marbre

PAR JEAN-ANTOINE HOUDON

PORTRAIT DU PRINCE HENRI DE PRUSSE

FRÈRE DU GRAND FRÉDÉRIC

ET D'UN

MOBILIER DE SALON

Couvert en Tapisserie d'Aubusson du XVIIIe Siècle

APPARTENANT A MONSIEUR P...

ET PROVENANT DU CHATEAU DE BARDOUVILLE

PRÈS ROUEN

DONT LA VENTE AUX ENCHÈRES PUBLIQUES AURA LIEU A PARIS

HOTEL DROUOT, SALLE N° 11

LE LUNDI 21 AVRIL 1913

à 4 heures 1/2 après-midi

PAR LE MINISTÈRE DE

Me LÉON BIVORT, COMMISSAIRE-PRISEUR

Successeur de M. J. BONNIN

96, rue de la Victoire

ASSISTÉ DE

MM. PAULME & B. LASQUIN FILS

10, rue Chauchat | EXPERTS A PARIS | 11, rue de la Grange-Batelière

Chez lesquels se distribue le présent Catalogue

EXPOSITIONS

Le Dimanche 20 Avril 1913, de 1 heure 1/2 à 6 heures

Le Lundi 21 Avril 1913 (jour de la vente), de 1 heure 1/2 à 4 heures 1/2

CONDITIONS DE LA VENTE

Elle sera faite au comptant.

Les acquéreurs paieront *dix pour cent* en sus des prix d'adjudication.

Paris. — Imp. de l'Art, Ch. Berger, 41, rue de la Victoire.

CONDITIONS DE LA VENTE

... sera faite au comptant.

Les adjudicataires paieront *dix pour cent* en sus des enchères ...

Paris. — Imp. de l'Art, Ch. Bataille, 41, rue de la Victoire.

Nº 1. — HOUDON (J.-A.) — LE PRINCE HENRI DE PRUSSE

DÉSIGNATION

HOUDON

(JEAN-ANTOINE)

Versailles, 1741 † Paris, 1828

I — *Buste du Prince Henri de Prusse, frère de Frédéric II, le Grand.*

L'artiste l'a représenté en buste, coupé au-dessous des épaules, le corps de face, la tête légèrement dirigée vers la gauche du spectateur ; ses lèvres minces sont prêtes à exprimer sa pensée. Le visage maigre est marqué de quelques rides modelées avec fermeté. Son front haut est dégagé par sa chevelure relevée et rejetée en arrière sur la nuque et nouée en catogan. Sur les côtés, de grosses boucles roulées découvrent les oreilles.

Il porte une cuirasse d'empereur romain, ouverte en carré dégageant le cou, présentant l'étoile de l'Aigle-Noir. Un manteau, amplement drapé, jeté sur les épaules et attaché au-dessus du sein droit par une agrafe à fleuron, recouvre en partie la cuirasse.

Marbre blanc sur piédouche de même matière.

Signé et daté au-dessous de la section du bras droit : *Houdon fecit 1785.*

Haut. du buste seul : 66 cent.

Haut. du buste avec piédouche : 83 cent.

Plus grande largeur du buste : 66 cent.

Ce buste provient du petit château de Bardouville, à trente-cinq kilomètres de Rouen, propriété de M. et Mme P. Il se trouvait dans le salon, de même que le mobilier en tapisserie décrit plus loin. Il vient par héritage d'un M. Jean-Baptiste-Claude Curmer (arrière-grand-père de Mme P...), né à Darnétal, près Rouen, en 1782, marié à Rouen en 1808, et mort le 30 septembre 1870.

Comment ce buste est-il arrivé en la possession de M. Curmer ? Nous l'ignorons encore malgré les recherches faites dans les archives de famille. Nous devons observer que M. Curmer fut contemporain de Houdon, puisqu'à la mort de l'artiste, en 1828, M. Curmer était âgé de 46 ans. Le buste aurait-il été acheté ou proviendrait-il de la vente après décès de Houdon dans laquelle il se peut qu'il eut figuré sous une désignation trop vague pour le reconnaitre. Question restée sans réponse mais que des recherches ultérieures pourront peut-être un jour solutionner.

Nous mettrons, ci-après, sous les yeux des amateurs, les renseignements bibliographiques concernant les différents bustes du prince Henri de Prusse, exécutés par Houdon, ou d'après lui ; de ces documents, il semble résulter que le buste en marbre qui fait l'objet de cette vente pourrait bien être celui commandé par le Roi qui a complètement disparu depuis 1787.

LAMI (STANISLAS). Dictionnaire des Sculpteurs de l'École française au XVIIIe siècle. Honoré Champion, 1919. Tome Ier.

HOUDON...... *Le Prince Henri de Prusse.* Buste en marbre exécuté pour le Roi. Payé 2,400 livres, le marbre fourni en plus. (Archives Nationales, O¹ 1922, A³.) Salon de 1787.

Ce buste, dont le modèle en plâtre figura au Salon de 1785, fut livré en 1786. Le 8 juillet de cette même année, le Comte d'Angivillers écrit en effet à Pierre :

« *J'apprends, Monsieur, par votre dernière lettre, que le*
« *portrait en marbre du prince Henry est achevé et que vous*
« *êtes, ainsi que M. Houdon, embarrassé de sçavoir à qui il*
« *faut le remettre. Je me hâte de vous marquer qu'il n'y a qu'à le*
« *faire porter chez moi.* » (Archives Nationales, O¹ 1919¹, 194.)

Le buste fut donc livré à M. d'Angivillers et, un an plus tard, Houdon, désirant exposer son œuvre au Salon, écrit à son tour, le 3 août 1787, à M. d'Angivillers :

« *Monsieur le Comte. — J'ose me flatter que vous voudrez*
« *bien me permettre et que vous trouverez bon que j'expose*
« *au Salon le buste du Prince Henry de Prusse qui est déposé*
« *chez vous et que j'en ferai retiré en conséquence, lundy pro-*
« *chain, pour être soumis au jugement du Comité si vous*
« *daignez faire donner des ordres à votre suisse à Paris, pour*
« *me le laisser emporter. J'ai l'honneur d'être, etc.* HOUDON. »
(Archives Nationales. O¹ 1919³, 174.)

On ignore ce qu'est devenu ce marbre. Un buste en bronze, fondu et ciselé par Thomire (d'après le modèle de Houdon) fut exposé en 1789 ; il est à Berlin, dans le Palais de S. M. l'Impératrice Frédéric. (Ce buste a figuré à l'Exposition Universelle de 1900 dans le Pavillon de l'Allemagne, et faisait aussi partie de l'Exposition d'œuvres d'art français à Berlin, en 1910, sous le n° 79 du Catalogue.)

Un autre bronze, donné par le Prince Henri à son frère Ferdinand, qui le plaça dans son jardin de Bellevue, a disparu

(*Revue universelle des Arts*, t. V, p. 176). Un plâtre a passé à la vente de 1828 (après le décès de Houdon). Le buste du Prince Henri de Prusse a été gravé par Gaucher.

Il est à remarquer que le buste décrit plus haut porte la date de 1785. C'est l'année au cours de laquelle Houdon se rendit aux États-Unis pour l'étude du monument à exécuter à la mémoire de Washington. L'artiste, ayant demandé au Comte d'Angivillers un congé pour faire ce voyage, reçut du ministre cette réponse datée de Versailles, le 23 juin 1785 :

« *Je consens bien volontiers, Monsieur, au voyage que vous* « *avez besoin de faire aux États-Unis pour exécuter le monu-* « *ment qu'ils se proposent d'élever au général Washington.* .

. . . .

« *Je ferai mon possible la première fois que j'irai à Paris* « *pour passer à votre atelier. ..... J'y verrai aussi avec plaisir* « *l'avancement du* Buste du Prince Henry, *auquel je mets* « *beaucoup d'intérêt. Je suis, M., votre, etc.* D'ANGIVILLERS. » (Archives nationales O¹ 1918² 196.)

SEIDEL (PAUL). Les Collections d'œuvres d'art françaises du XVIIIe siècle, appartenant à S. M. l'Empereur d'Allemagne, Roi de Prusse. Histoire et Catalogue. Traduction française, par PAUL VITRY et J.-J. MARQUET DE VASSELOT.

. . . .

Les rapports du Prince Henri avec Houdon valurent aux châteaux royaux une quantité de travaux très importants de cet artiste, qui n'a pas été dépassé comme portraitiste, et dans le nombre le buste du Prince Henri, la pièce la plus intéressante pour nous.

D'après la tradition, Houdon aurait plusieurs fois représenté le Prince, mais *nous ne connaissons plus actuellement* que le buste en bronze donné sans doute par le Prince Henri à son frère et qui appartient aujourd'hui à S. M. l'Impératrice

Frédéric. Le Prince avait lors de son séjour à Paris, en 1784, posé chez le sculpteur et au Salon de 1787 parut un buste de marbre, qui n'est autre que celui que Houdon dut exécuter sur la commande du gouvernement français, dont on lui fournit le marbre et pour lequel il toucha en plus 2,400 livres (Cf. Diercks, Houdon, p. 61).....

Le buste de Houdon inspira à l'ami du Prince Henri, le chevalier de Boufflers, la petite pièce de poésie suivante :

> Dans cette image auguste et chère,
> Tout héros verra son rival,
> Tout sage verra son égal
> Et tout homme verra son frère.

Dans le Catalogue qui termine l'ouvrage de P. Seidel, le buste est très minutieusement décrit sous le No 187. Une gravure du buste par Peter Halm se trouve à la page 43.

Consulter aussi :

Salon de 1785 (Livret du). Par M. Houdon.

No 229. — Le Prince Henri, buste en plâtre.

Salon de 1787 (Livret du). Par M. Houdon.

No 253. — Le Prince Henri de Prusse, buste en marbre, pour le Roi.

Salon de 1789 (Livret du). Par M. Houdon.

No 240. — Le Prince Henri de Prusse, buste en bronze de grandeur naturelle.

Les Collections d'Art de Frédéric le Grand, à l'Exposition Universelle de Paris de 1900 (Extrait du Catalogue Paul Seidel).

No 36.

Exposition d'Œuvres de l'art français au XVIIIe siècle, à Berlin, en 1910.

No 79.

Gazette des Beaux-Arts. Année 1910. Tome I, p. 358. Compte rendu de l'Exposition de Berlin, par Paul Vitry, avec reproduction du buste faite d'après un moulage.

2 — *Mobilier de salon, couvert en tapisserie d'Aubusson du XVIIIe siècle.*

Il se compose de :

Deux bergères
et **Dix fauteuils**

en bois sculpté peint blanc, à décor de cannelures, rais-de-cœur, rosaces, pommes d'amortissement, colonnettes détachées et accotoirs-balustres. Chacune des douze pièces est garnie aux siège et dossier d'ancienne tapisserie d'Aubusson, du xvIII^e siècle, offrant, sur fond blanc, des compositions à sujets d'animaux dans le goût de J.-B. OUDRY, pour la plupart tirés des *Fables de La Fontaine* ; et des petits personnages de J.-B. HUET. Ils sont présentés dans des médaillons ovales encadrés d'une bordure simulant un cadre. Les entourages sont faits de rinceaux, guirlandes, entrelacs, cordons de fleurs et feuillages, draperies à frange, cordelières à glands. Les deux bergères sont munies de coussins mobiles et les manchettes sont décorées de touffes de fleurs.

Larg. d'une bergère : 70 cent.

Larg. d'un fauteuil : 60 cent.

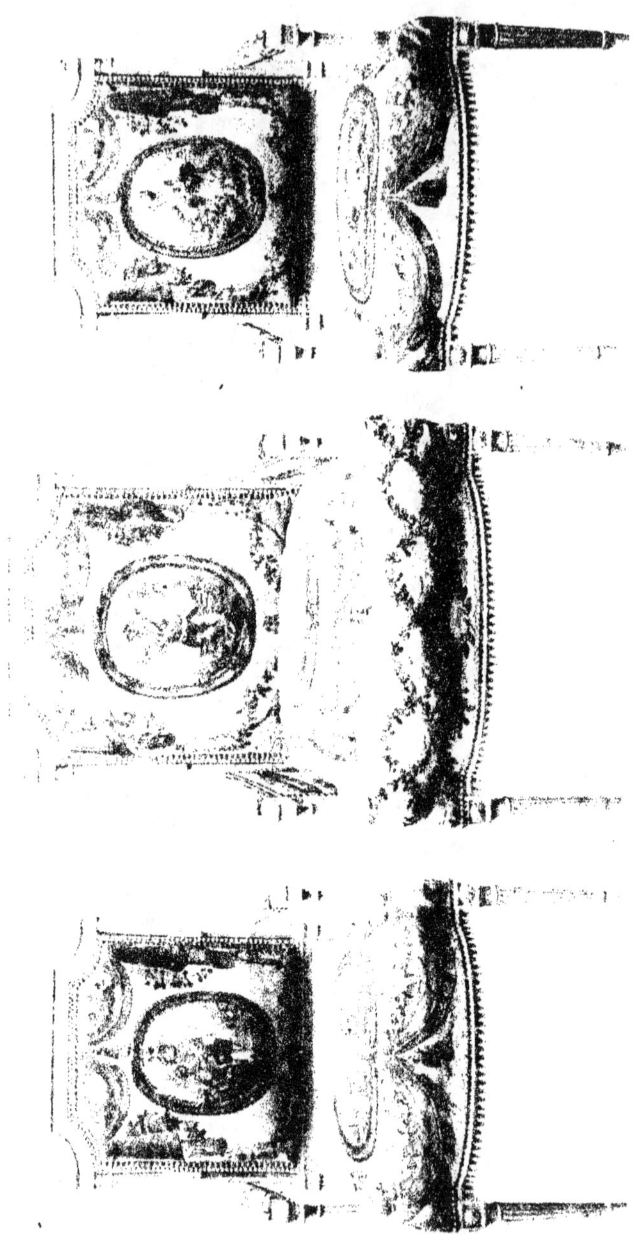

2 — *Mobilier de salon, couverts en tapisserie d'Aubusson du XVIIIe siècle.*

Il se compose de :

Deux bergères

et **Dix fauteuils**

en bois sculpté peint blanc, à d[illegible] [illegible], rais-de-cœur, rosaces, pommes [illegible] et [illegible] couronnes détachées et [illegible]. [illegible] Les dix-huit pièces sont garnies [illegible] dossier [illegible] l'ancienne tapisserie [illegible] XVIIIe siècle, offrant sur fond [illegible] compositions [illegible] d'animaux [illegible] J.-B. Oudry, pour la plupart [illegible] *La Fontaine* et des petits personnages de J.-B. Huet. Ils sont présentés dans des médaillons [illegible] d'une bordure simulant un cadre. Les entourages sont faits de [illegible] entrelacs, cordons de fleurs et feuillages, draperies à franges, [illegible] à glands. Les deux bergères sont munies de coussins mobiles et les manchettes sont décorées de touffes de fleurs.

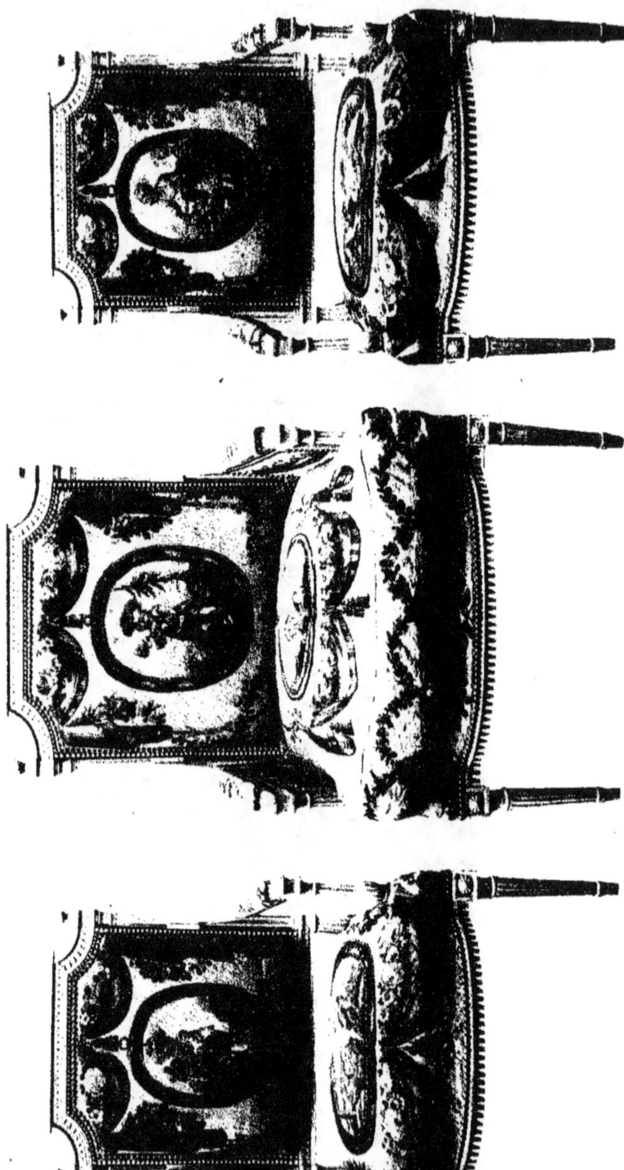

Nᵒ 2. — Mobilier de Salon en Aubusson de XVIIIᵉ siècle.